Rafik Schami

Der erste Kuß nach drei Jahren

dtv

Die Taschenbibliothek

Januar 1997
Deutscher Taschenbuch Verlag GmbH & Co. KG,
München
Auswahl aus: ›Die Sehnsucht fährt schwarz‹

Gestaltungskonzept: Balk & Brumshagen
Umschlagbild: Root Leeb
Gedruckt auf säurefreiem, chlorfrei gebleichtem Papier
Gesamtherstellung: C. H. Beck'sche Buchdruckerei,
Nördlingen
Printed in Germany · ISBN 3-423-08370-0

Inhalt

Vor dem Anfang

»Am besten«, sagte mein Vater, »nimmst du die Eisenbahn. Es ist eine wunderschöne Reise von Aleppo über Istanbul, Sofia, Bukarest, Budapest, Wien, Salzburg und München bis Heidelberg.«

Ich war das erste Mitglied meiner Familie, das nach Europa fuhr. Meinem Vater schien die Eisenbahn am sichersten. Er hatte seit Wochen nur eine Beschäftigung: alles über die Eisenbahnstrecke zu studieren.

Er bewunderte den Orientexpreß. Auf mehreren tausend Kilometern habe dieses technische Wunder bereits 1883 nicht einmal zehn Minuten Verspätung gehabt. Nie habe er von einem Unfall gehört. Meine Mutter lachte: »Von einem Unfall nicht, aber von Überfällen!« Sie liebte neben den ägyptischen Schnulzen harte Krimis und Western, vor allem die mit Mord und Überfall in rasenden Zügen. Sie mahnte meinen Vater, der nie ins Kino ging, sich nicht so sicher zu sein, da Eisenbahnräuber besonders flink und gefährlich seien.

Dann erzählte meine Mutter die Geschichte von ihrer entfernten Verwandten Tante Takla, die mit dem Orientexpreß vor zwei Jahren von Damaskus zu ihrem Sohn nach München gefahren war, der dort Medizin studierte. Da die reiche Tante dachte, daß ihr Sohn nicht genug Geld hätte, um sie richtig zu bewirten, schleppte sie luftgetrockneten Schinken der feinsten Art, sauer und scharf eingelegte

Auberginen, Paprika, Oliven, drei schwere Säcke Weizengrütze, fünf Kilo Bohnenkaffee, zwei Gläser Honig und zehn Kartons mit Baqlawa, Halwa, Pistazienrollen und anderen süßen Leckereien aus Damaskus mit. Auch Schafskäse, drei Säcke trockene Saubohnen und Kichererbsen, eine Unmenge Feigen und Datteln hat sie mitgenommen. Mutter schwor, daß der Orientexpreß bei der Abfahrt in Aleppo bereits eine dreiviertel Stunde Verspätung hatte, weil es so lange dauerte, den kleinen Lastwagen, mit dem Tante Takla aus Damaskus angereist war, umzuladen.

Und noch bevor der Zug die syrische Grenze in die Türkei passierte, war der Schinken verschwunden, obwohl die Tante ihn als Stütze unter den Kopf gelegt und sich an ihn geklammert hatte. In der Türkei verschwanden Datteln, Baqlawa, Schafskäse und Halwa, in Bulgarien die getrockneten Saubohnen, die Kichererbsen und Feigen, in Rumänien der Kaffee.

Die Ungarn waren so gastfreundlich, daß die Tante sich wieder beruhigen konnte, doch kurz vor Budapest verschwanden die sauer und scharf eingelegten Leckereien. Kurz vor Wien war von den drei schweren Säcken mit Weizengrütze keine Spur mehr zu finden, aber das wäre nicht so schlimm gewesen.

Kurz vor Salzburg aber erwachte Tante Takla nach einem Alptraum und mußte zur Toilette, und da erwischte sie das gesamte Personal in einem Abteil vor den Resten ihres Honigs und ihrer Pistazienrollen. Statt sich zu schämen, brüllten die Bediensteten der Eisenbahn vor Lachen wie ungezogene Jungen. Und von Salzburg bis München verschwanden während eines Nickerchens der erschöpften alten

Frau Koffer, Handtasche und Mantel. Nur Paß, Gebiß, den Rosenkranz und Zigaretten ließ ihr der Dieb aus Mitleid zurück. So kam sie mitten im Winter in einem dünnen Kleid und ohne jeden Piaster bei ihrem Sohn an.

Nein, eine Zugfahrt käme nicht in Frage.

Eine Schiffsreise von Beirut nach Hamburg fand meine Mutter sehr romantisch und gefahrlos. Das Büro in Damaskus hatte sie genauestens informiert. Von Beirut aus verkehrten täglich Schiffe nach Venedig, Vòlos bei Athen und Hamburg. Es sei so luxuriös und so sicher auf den Schiffen wie in den eigenen vier Wänden. Vater jammerte ob der übermäßig teuren Preise, aber Mutter beruhigte ihn, diese Preise seien nur für Fremde. Der Schwager ihrer Schwester in Beirut war Kapitän der Seefahrt. Er steuerte zwar einen Frachter, aber Kapitäne kennen sich untereinander und kriegen Prozente. Also fuhren wir nach Beirut. Vater, Mutter und ich.

Dort angekommen, erblaßte meine Mutter. Als hätten sich alle Seeleute gegen uns verschworen, streikten die Hafenarbeiter, Lotsen und das gesamte Zollpersonal wegen miserabler Arbeitsbedingungen in Beirut, Zypern, Marseille, Venedig, Triest, Vòlos, Hamburg, New York und Honolulu.

»Daß auch die Seeleute in Honolulu streiken, stört mich am meisten«, giftete mein Vater, nachdem ein Wachmann der Streikposten ihm genüßlich alle Häfen aufgezählt hatte. »Das hast du von deinen Filmen. Der Orientexpreß beförderte Könige, und meine Frau glaubt Agatha Christie und will Seemannsromantik. Das hast du davon!« Er war den ganzen Abend nicht mehr zu beruhigen.

Nach dieser Niederlage stimmte Mutter schweren Herzens der Fahrt mit dem Orientexpreß zu. Dafür hätte ich aber nach Damaskus zurückfahren müssen. Ich wollte aber nicht. Das sah nicht nur wie ein schlechtes Omen für meine ganze Reise aus, sondern schmeckte nach Scheitern, bevor man angefangen hatte.

Die Zeit war auch knapp geworden. Es war bereits Mitte März, und ich sollte bis Anfang April in Heidelberg ein Zimmer bezogen und alle medizinischen Untersuchungen, Papiere und Anträge erledigt haben, um bei Semesterbeginn mit meinem Studium anfangen zu können. Ich haßte nichts mehr in meinem Leben, als verspätet in eine Vorlesung, ein Theater oder Kino zu gehen. Lieber blieb ich in solchen Fällen draußen.

Außerdem war es auch zu dieser Zeit nicht mehr gemütlich in der schönen Stadt Beirut. Bewaffnete Palästinenser, Falangisten, Rechts- und Linksradikale zeigten bei jeder Gelegenheit ihre Muskeln.

Mich hat es bereits am nächsten Tag erwischt. Eine Demonstration pro Palästinenser stieß auf eine contra Palästinenser, und die Polizei griff beide an. Ich war im Zentrum einkaufen und mußte durch das ätzende Tränengas rennen. Nach zehn Minuten war ich erledigt. Mir schien die ganze Welt aus stechenden Nadeln zu bestehen, und ich verlor die Orientierung.

Da riß eine alte Frau die Tür ihres Hauses in einer engen Gasse auf und rief mir zu: »Komm rein, junger Mann!«

Drinnen erfuhr ich eine Gastfreundschaft ohnegleichen, und diese gütige alte Frau erwies sich als Intellektuelle aus vergangenen Zeiten. Als sie erfuhr, daß ich auf dem Weg nach Heidelberg war, summte sie mitten im Krach der Steine und Schüsse, die das Haus erschütterten, die Melodie ›Ich hab' mein Herz in Heidelberg verloren‹. Sie konnte perfekt Französisch und zeigte mir stolz ihre gewaltige Bibliothek. Ich werde nie vergessen, wie sie mich plötzlich mit vor Angst geweiteten Augen anschaute und beschwörend auf französisch rief: »Beeilen Sie sich, Monsieur, auf dem Weg nach Heidelberg. Bald wird uns der Bürgerkrieg einholen.« Ich trank meine Limonade und eilte hinaus.

Es war die Zeit der Vorbereitung auf den Bürgerkrieg im Libanon, der dann vier Jahre später ausbrach und dessen Folgen bis heute nicht aufgehoben wurden. Alle politischen Kräfte im In- und Ausland versuchten damals, im Libanon Boden zu gewinnen. Die Bewohner der Stadt wußten noch von nichts. Nur ein paar Propheten, wie die alte Frau, spürten, daß es zu einem Knall kommen würde. Und es kam schlimmer, als man befürchtete.

Ich wollte nur noch schnell weg. Also buchte ich einen Flug von Beirut über Berlin nach Frankfurt.

»Ich würde mein Leben nicht einer Schraube anvertrauen«, entmutigte mich mein Vater beim letzten gemeinsamen Abendessen. Mir war bange. Der Mensch ist ein Bodentier, und dann steigt er in einen tonnenschweren Haufen Metall, erhebt sich in die Luft und vertraut darauf, daß alle Zahnräder funktionieren, alle möglichen Kurzschlüsse drei Stunden lang nicht auftreten und keine Schraube locker wird. Es war mein erster und letzter Flug.

Ich umarmte Mutter, Vater und die Tante, die uns über eine Woche großzügig aufgenommen hatte, und ging zum Flugzeug, einem alten Ding, zu dem man damals zu Fuß gehen mußte. Oben auf der Gangway drehte ich mich einmal um, wie ich das in den Filmen gesehen hatte, und winkte in die Richtung, in der ich meine Eltern vermutete. Sie standen mit hundert anderen hinter dem Besuchergitter.

Ich setzte mich und beruhigte mich bald, denn das Flugzeug sah innen wie ein Bus aus.

Plötzlich hörte ich eine Lautsprecherstimme: »Wegen Motorschaden und notwendiger Reparaturen werden die Passagiere gebeten, sofort das Flugzeug zu verlassen und in den bereits wartenden Bus einzusteigen. Sie werden an Bord einer anderen Maschine nach Berlin geflogen.«

Ich eilte mit weichen Knien als letzter den Gang zwischen den leeren Sitzen hinaus und meinte für einen Augenblick, Yassir Arafat durch die Tür hinausgehen zu sehen. Aber ich war in meine Gedanken versunken und widmete Arafats Doppelgänger keinen weiteren Blick, denn das Original war ja weit weg in Jordanien. Ich fühlte mich schuldig an der Sorge meiner Eltern, die mit den anderen auch alles gehört hatten.

Draußen war meine Überraschung noch größer. Eine Spezialtruppe mit Polizeihunden und Technikern in merkwürdig dicken Overalls standen um das Flugzeug herum. Und während alle anderen Passagiere in den Bus einstiegen, eilte der Doppelgänger Arafats unter dem Schutz zweier bewaffneter Soldaten zu einem entfernt parkenden Jeep.

»Das ist kein Motorschaden. Das ist eine Bombe. Der Bruder Arafats war auf einer geheimen Mission nach Europa«, murmelte ein dunkelhäutiger jemenitischer Händler neben mir und beäugte die Polizei mißtrauisch.

Und ich hätte sterben können vor Scham, denn ich

wußte, daß mein Vater in weniger als einer Stunde durch gezielte Bestechung noch am Flughafen die wahre Ursache erfahren würde. Und ich hatte mich nicht geirrt. Er hat damals alles erfahren, es aber meiner Mutter verschwiegen. Es war tatsächlich ein Mordversuch an Arafats Bruder, der ihm sehr ähnlich sah.

Wir wurden in ein noch klapprigeres Flugzeug gebracht, das sich bald mehr gezwungen als freiwillig in die Luft erhob.

Das alte Ding vibrierte wie eine Küchenmaschine, und an zwei Stellen tropfte eine merkwürdig riechende Flüssigkeit auf die Passagiere. Das Personal war, entsprechend dem Billigtarif, grob und ungepflegt, überarbeitet und lustlos. Und das mitten im Himmel bei einem der schönsten Sonnenuntergänge, die ich je erlebt hatte. Wir flogen über den Wolken Richtung Nordwesten dem Abendrot entgegen.

Der Flugkapitän, ein ungeheuer fetter Mann, dessen weißes Hemd vermutlich seit einer Woche seinen Körper nicht verlassen hatte, kam fluchend aus dem Cockpit. Er verschwand hinter einem schmutzigen Vorhang im hinteren Teil des Flugzeugs. Dort aß und trank er schmatzend und gurgelnd, lachte laut und witzelte mit den Stewardessen.

Bald wankte das Flugzeug, und ein dürrer, übernächtigter Kopilot rannte den Gang nach hinten und verschwand ebenfalls hinter dem Vorhang. Wir hörten Gebrüll und eine Ohrfeige.

Ich war wie gelähmt vor Entsetzen bei dem Gedanken, daß unser Flugzeug führungslos über den Wolken raste.

Als der Kapitän wieder auf den Gang trat und ins

Cockpit ging, folgte ihm sein Kopilot mit fahlem Gesicht wie ein Kalb, das zur Schlachtbank geführt wird.

Kurz darauf kam der Kapitän wieder heraus, trank, lachte und schmatzte wieder eine halbe Stunde lang. Auch der Kopilot kam erneut, doch diesmal wagte er nicht, hinter den Vorhang zu gehen, sondern flehte den Kapitän vom Gang aus um Hilfe an.

Zufrieden kam dieser heraus, klopfte dem kleinen Mann auf die Schulter und taumelte hinter ihm den Gang entlang zum Cockpit zurück. Eine Wolke aus Schweißgeruch, kaltem Zigarettenrauch und Alkohol flog ihm nach.

Dann wurde das Essen serviert und von den meisten Passagieren sofort zurückgeschickt. Ein widerlicher Fraß aus kaltem Plastik mit irgendeiner gefärbten Gelatine. Die schwarze Brühe, die man selbst aus lauwarmem Wasser und Kaffeepulver anrühren mußte, roch nach alten Schuhen und schmeckte entsprechend.

Plötzlich, wir waren bereits über Griechenland, ertönte die Stimme einer aufgeregten Stewardeß, und das Zeichen zum Anschnallen leuchtete auf. Kein Mensch verstand das hysterische Lallen aus dem knisternden Lautsprecher, aber alle fühlten wie ich, daß das Flugzeug an Höhe verlor, immer mehr mit dem Hintern nach unten sackte.

Ich sah, wie eine Stewardeß betrunken mühselig den Gang entlangtaumelte. Sie war kreidebleich. Ich fühlte mich elend, doch mehr, als mich am Sitz festzuhalten, konnte ich nicht tun. Ich hörte Schreie.

Doch plötzlich fing sich das Flugzeug wieder und startete durch. Wir gewannen an Höhe und Ruhe. Der Kapitän tauchte nicht wieder auf.

Bald flogen wir im Dunkeln, und mein Herz klopfte im Hals, als wollte es hinausfliegen und sich retten.

Erst als ich hörte und spürte, daß die Räder der Höllenmaschine den Boden der Berliner Landebahn berührten, fühlte ich Erleichterung.

Die Passagiere gratulierten sich gegenseitig zur Errettung, und ein alter Mann erhob seine Hände und richtete seinen Blick gen Himmel: »Gott ist barmherzig! Ich habe die ganze Zeit gebetet.«

In der Schlange vor der Paßkontrolle stehend hörte ich einen beleibten Ägypter, der gerade aus Australien nach Berlin geflogen war, seinem Nachbarn in der Reihe, einem dürren Tunesier, sagen: »Heutzutage ist Reisen ein Kinderspiel. Frühstück bei meiner Schwester in Sydney, Abendessen bei meiner Frau in London oder Berlin. Sie ist englische Modemacherin und fliegt wie ich federleicht zwischen den Welten.«

Ich bekam einen hysterischen Lachkrampf. Wahrscheinlich durch die Strapazen bedingt, konnten meine Nerven so viel Komik nicht vertragen. Meine Nachbarn versuchten, mich zu beruhigen, doch immer, wenn ich dem beleidigt dreinschauenden Ägypter erklären wollte, warum ich lachte, erstickte ein nächster Lachanfall meine Worte. »... federleicht ... Agatha Christie ... Orientexpreß ... federleicht ... Honolulu ... Arafat ... Bombe ... versoffene Crew«, hörte ich mich zwischen den Lachsalven stammeln. Es war nichts zu machen, und alle Umstehenden – ausgenommen der Ägypter – lachten mit, obwohl sie nichts verstanden. Ich muß komisch ausgesehen haben.

Am Paßkontrollschalter hatte ich fürchterliche Bauchschmerzen und nahm mich unter größter Mühe zusammen. Ich steckte den Paß durch den Schlitz und bemühte mich, den Polizisten ernst, garniert mit etwas Angst, anzuschauen. Das erwarten Polizisten aller Länder bei Reisenden.

Plötzlich hörte ich den Ägypter ein paar Meter weiter auf englisch brüllen: »Sir, das ist nicht mein Koffer. Ich muß ihn verwechselt haben. Mein Koffer ist auch aus braunem Leder, aber meiner war vollgestopft mit teuren Dingen! Aber . . . das ist doch mein Hemd, aber wo sind Jacke und Krawatten? Wo ist meine teure Kamera geblieben?«

Der Zollbeamte zuckte unbeteiligt mit den Schultern, und da er am kargen Inhalt des Koffers nichts zu beanstanden fand, schob er ihn zur Seite und bat den Ägypter, weiterzugehen.

Der Kummer des Beamten Müller

Sie glauben doch nicht im Ernst, daß es mir mit diesen Kanaken, Kameltreibern und Spaghettis gut geht!

Da kommt doch dieser halbwüchsige Spaghetti, der mich jedes Jahr wahnsinnig macht. Mit seinem offenen Hemd und seiner speckigen Lederjacke tanzt er herein, als wäre die Behörde eine Diskothek. Ich werde das Gefühl nicht los, daß diese Itaker von Geburt an keinen Respekt vorm Gesetz haben. Weißt du, was er mir sagt, mein Lieber? Der Freche sagt zu mir, an meiner Stelle würde er sich die Arbeit ganz einfach machen, und ich Idiot frage auch noch: »Wie denn?«

Da sagt doch dieser Kerl, er würde jedem einen Stempel schenken, zum Mitnehmen nach Hause. »Warum immer hierher? Besser zu Hause ein Stempel!«

Wo kämen wir dann bloß hin, wenn das so wäre! Nun, seit zwei Jahren schreibt dieser Spaghetti bei »Nationalität« nicht mehr »Italiener«, sondern »Gastarbeiter«. Jedesmal erkläre ich es ihm, und er antwortet: »Ich nix weiß, ich vorher Italiano, aber jest nix Italiano, nix Deutsch, ich Gastarbeiter«, und das Schlimme ist, er lacht dabei, und genau das macht mich krank. Statt meine Fragen zu beantworten, erzählt er mir dauernd Geschichten von seinem schlechten Capo. Jedes Jahr dasselbe.

»Ich viil Arbeit, aber Capo sagt, nix gut. Warum?«

Ich sage ihm, er soll arbeiten, die Maschine anglotzen,

und nicht den Meister, und er sagt: »Ich immer Capo sehen, auch Traum!«

Ja, ja, und mir soll es gut gehen.

»Ach, guten Abend, Herr Al Achtal ...«

Naja, woher bloß holt der immer wieder die Frauen. Ein Scheißkerl. Muchamed Achmed Al Achtal, mein Lieber, da bricht einem die Zunge ab, ein Reibeisen im Hals wäre ein Zuckerlecken dagegen. Wozu das Ganze, ich zum Beispiel heiße ganz einfach Hans Herbert ...

Hans Herbert ... ganz leicht ... und nicht Achchmed Machchmed.

Glauben Sie, ein einziger Kanake hat bis jetzt meinen Namen richtig ausgesprochen? So dumm sind die Brüder. Der Kameltreiber sagte mir im letzten Jahr, mein Name sei ihm zu lang. Er würde mich Hansi nennen. Auf arabisch soll das »mein Hans« bedeuten. Um Gottes willen. Ich bin doch nicht schwul!

Aber diesem Kameltreiber habe ich es gezeigt, der kommt her und steckt mir einen stinkenden, zerdrückten Paß entgegen, und ich mache ihn auf. Weißt du, was darin steht?

»Geboren: 1342.« Also stell dir vor, am Anfang dachte ich, das ist eine Fälschung oder der will mich auf den Arm nehmen. Aber nein! Denkste! Das ist mohammedanische Zeit. Ich sage mir: Hans Herbert, nur ruhig Blut, ein Sandfresser kann dich doch nicht aus der Ruhe bringen. Ich frage ihn: »Also wieviel macht es christlich?«

Weißt du, was er sagt? Er glaubt, es sei 1940! Er glaubt es! ... Nicht glauben soll er, sondern belegen soll er, habe ich ihm gesagt. Mein Lieber, das war ein Krach! Aber das war noch nicht mal so schlimm, denn bei Beruf trug er »Schriftsteller« ein. Am Anfang dachte ich, das sei ein Scherz.

»Nicht doch, Herr Al Achtal«, sagte ich, »Sie können doch kaum deutsch und wollen Schriftsteller sein?«

Und was macht er? Er zückt ein Buch aus seiner stinkenden Tasche.

»Hier mein Buch, schöne Errsäluung, 11 Mark 80, für Sie 10 Mark 80.«

Also ich muß doch bitten, wir sind hier nicht im Basar. Ich habe ihn weggeschickt. Erst muß er einen ordentlichen Beruf nachweisen, dann bekommt er die Aufenthaltserlaubnis, sonst nix... Schau dir den an, gar keinen Kummer hat er, an seiner Stelle hätt' ich mich um eine Stelle gerissen, und was macht er? Mit Weibern herumkutschieren! Ich sage dir, das verdirbt mir die Laune! Was ist das für ein Tag heute, erst verdirbt mir dieser Kümmeltürke den Vormittag, dann dieser Kameltreiber den Abend. Der Kümmeltürke kommt heute morgen so gegen 10 Uhr, er kommt mit seinen zwei Bälgern und seinem Weib, als würde er einen Ausflug zu unserer Behörde mit ihnen machen. Sie setzen sich, sie breiten sich aus bei mir, und eine dieser Rotznasen zerrupft schon nach ein paar Minuten zwei Blätter von meinem Gummibaum und bringt sie mir.

»Kaputt«, sagt er.

Der andere Balg schielt auf den Kugelschreiber. Ich komme ihm aber zuvor und nehme den Kuli weg. Da sagt doch dieser Türke: »Kind nix wegnehmen. Yassin brav, nur schipilen, Kind muß.«

»Ja, aber nicht hier in der Behörde, ich bitte Sie!« sagte ich.

»Doch, muß«, brüllt der Kanake. »Du Kind haben?« fragt er und haucht mich mit seinem Knoblauchatem an.

»Ja, zwei«, antworte ich, aber bevor ich noch einen Blick in seine Akte werfen kann, haucht er mich gleich wieder an.

»Wie alt?« will er wissen.

Ich antworte nicht, weil das ja zu weit geht. Der Türke geht zu seinem Weib und holt zwei bunte Schachteln.

»Hier für Kind, türkisch, schmeckt extra prima!« haucht er mich wieder an. Ich habe schon das Gefühl, irgend etwas stimmt nicht mit seinen Papieren, aber die Zeit ist knapp. Ich schüttele den Kopf.

»Hier nix Istanbul! Hier Deutschland! Nix Bakschisch! Verstehen?«

Der Türke wird blaß, und ich suche in den Papieren nach dem Grund der Bestechung, aber ich finde nichts.

Also, ich mußte ihm den Stempel geben. Erst nachmittags hatte ich Zeit, und ich nahm die Mappe noch einmal unter die Lupe, und ich fand raus, weshalb dieser Gauner mich bestechen wollte. Zwei Wochen Verspätung hatte er mit seiner Ummeldung. Das habe ich gleich für nächstes Jahr vorgemerkt.

Mein Lieber, dir geht's gut, aber mit geht's, seitdem ich in diesem Amt bin, nicht mehr gut. Nicht einmal meine Frau versteht mich mehr. Sie sagt, ich rede mit ihr in gebrochenem Deutsch, vor allem, wenn ich wütend bin, das habe ich nun davon!

Herr Müller sprach an diesem Abend immer wieder den

Barkeeper an, der hinter der Theke der kleinen Kneipe stand. Aber der Barkeeper hörte nicht zu, ab und zu sagte er »na ja«, »ja, ja«, oder »Was Sie nicht sagen!« Ansonsten war er sehr beschäftigt, sein Blick wanderte über die Gläser, er füllte immer wieder nach, stellte neue auf die Theke, kritzelte einen Strich auf die Bierdeckel. Auch wenn Herr Müller sein Glas geleert hatte, schenkte ihm der Barkeeper das nächste voll, kritzelte einen Strich auf den Bierdeckel und sagte geistesabwesend »Zum Wohl«.

Araber oder Grieche, macht doch nix

Ich bin nicht verrückt! Du auch nicht, Freund. Deine Geschichte kann kein Verrückter erzählen. Nein! Und wenn hundert Ärzte sagen: »Du bist verrückt!«, glaube ich es nicht.

In einem Röhrenlager in Mannheim habe ich angefangen. Ich war der einzige Ausländer im Betrieb. Fünfunddreißig war ich, noch voller Kraft und Gesundheit, und ich erschrak vor keiner Arbeit.

»Autobahn oder Röhrenlager«, übersetzte mir der junge Student aus Ägypten. »Nein, lieber Lager, immerhin ein Dach über dem Kopf. Weißt du, ich habe Rheuma in meiner linken Schulter. Auf der Autobahn zieht es andauernd. Sage dem Beamten aber nichts, sage ihm einfach Röhrenlager«, und der Student übersetzte das kurz. Der Beamte gab mir die Papiere, und ich fuhr in diese Hölle. Ich bin Tischler von Beruf, aber für Tischler gibt's keine Arbeit. Röhren auf- und abladen. Die Waggons kommen auf der einen Seite in die Halle. Wir ziehen sie bis zum Eingang, dann fährt ein Kran heran. Wir springen auf die Waggons, legen die Stahlseile um die Röhren und springen weg. Du mußt so schnell wie möglich abspringen, sonst kann es passieren, daß ein Rohr deine Beine zermalmt. Der Kranführer sitzt oben in seiner Kammer, und die Röhren schweben dahin, je nach Größe werden sie angehäuft. Sobald sie plaziert sind, klettern wir auf die Röhrenpyramide und lösen die Seile ab. Dann nichts wie weg.

Am anderen Ende der Halle fahren Lastwagen, und der Meister läuft mit einem Zettel in der Hand von einer Pyramide zur anderen und macht Striche mit Kreide auf die bestellten Röhren. Wir legen Seile um diese Röhren und rennen zum Laster, um sie darauf zu plazieren, lösen die Seile ab und rennen weg. Und das zwanzig Jahre lang, Tag für Tag, und noch keine Verletzung. Bin ich verrückt?

»Und waren das alles Türken?« fragte der Reporter.

»Nein, es waren Araber, Italiener, Jugoslawen, Türken und weiß der Geier was!« antwortete Detektiv Ziegler und winkte mit der Hand.

»Also nur Ausländer?« fragte der Reporter, und ein Lächeln huschte über sein Gesicht.

»Nein, die meisten waren Deutsche«, antwortete der Detektiv.

»Jugendliche?« fragte der Reporter ungeduldig.

»Nein! Eher Rentner!«

»Aber wer hat es angezettelt?«

»Der Araber!« antwortete Ziegler.

Der Journalist atmete erleichtert auf.

Als ich dort angefangen habe, war ich der erste Ausländer im Betrieb. Später kamen Jugoslawen und Türken dazu, aber am ersten Tag haben mich die Leute angeglotzt, als wäre ich von einem anderen Stern.

»Palästinenser«, sagte ich und fing an, den großen Eingang zu kehren. Ich habe noch nie in meinem Leben gekehrt, aber der Meister drückte mir einen Besen in die Hand und sagte: »Kehren!« – und ich kehrte und verfluchte seine Mutter.

Nach ein paar Stunden kamen die Angestellten von dem flachen Bau neben der Halle, sie standen vor der Tür und staunten mich an, manche lachten, und andere sprachen auf mich ein. Ich habe nicht viel verstanden. Gegen Mittag kam dieser ekelhafte Nazi, der mich noch jahrelang gequält hat, bis er in Rente ging, er nahm ein dünnes Wasserrohr und richtete es auf mich.

»Terrorist bum, bum, ratatata!« rief er und lief im Kreis um mich herum. Ich habe nicht verstanden, was er wollte. Ich kehrte weiter, aber er drückte das Rohr in meine Rippen und lallte laut: »ratatata ... Terrorist«.

Ich hieb auf das Rohr, und er ließ mich in Ruhe.

»Ich verstehe nichts mehr. Der Mann ist verrückt. Er feiert seinen zwanzigsten Jahrestag. Das gibt es doch nicht!« stöhnte der Hausdetektiv und ließ sich auf einen Stuhl fallen.

Ich habe das Essen in der Kantine aufgegeben. Es kam verpackt in Alufolie und sah aus wie Gußeisen. Ob Bohnen oder Kartoffeln, es schmeckte alles gleich. Aber das war nicht der Grund. Alle beobachteten mich, während ich aß. Kannst du dir ein Essen unter vierzig Richteraugen vorstellen? Auch wenn du unschuldig bist, fühlst du dich als Angeklagter. Nein, ich gab es nach ein paar Tagen auf und holte mir Salami und zwei Brötchen vom Kiosk vorne an der Straße. Ich setzte mich auf die Röhren und ruhte mich aus. Palästina war mir so nah, denn dort aß ich mein Mittagsbrot auf einem alten Gemäuer, allein. Ich war in meinem ganzen Leben immer allein, aber ich kann mich nicht an die Einsamkeit gewöhnen. An einem heißen Junimittag etwa vier Jahre später saß ich wie immer alleine herum und aß meine Salami. Es war die Zeit, in der Israel diesen Blitzkrieg gegen die Araber führte. Komisch, ich habe die Niederlage erwartet, und doch war ich traurig. Irgendwo hatte ich doch gehofft, daß die Araber gewinnen. Nun ja, da kam dieser Nazi zu mir. Ich konnte schon sehr gut deutsch reden, aber dieser Mann hat das nie erkannt.

»Du Politik?«

Ich dachte, er will mit mir diskutieren.

»Ja!« sagte ich.

»Israel, Araber, drei Tag pfutsch. Deutschland, Frankreich, zehn Tag pfutsch. Amerika, Rußland, eine Minute, pfutsch.

Das Wort »pfutsch« begleitete er mit einem Furz aus den Lippen und einer Bewegung mit der flachen Hand, als wolle er irgend jemandem den Kopf abhacken.

»Du verstehst doch nichts von Politik. Mein Volk wird kämpfen«, sagte ich zornig.

»Volk? Was für ein Volk? Israel ganz Arabien in drei Tagen pfutsch.«

Es schien mir, als feierte er den Sieg der Israelis gegen uns, so wie Radio und Fernsehen es seit Tagen getan hatten, und einem Dummkopf kann man nicht die Selbstbestimmung erklären, also ging ich auf seine Politik ein.

»Du recht haben, pfutsch, pfutsch, alles pfutsch. Du!

Mein Arschloch gegen dich, gegen deinen Kopf, eine Sekunde pfutsch, pfutsch.«

Ich habe so laut gebrüllt, daß der Mann blaß wurde und abhaute. Gott verfluche ihn für all die Qualen, die er mir zugefügt hat.

»Zuerst hab' ich gedacht, die Geschäftsleitung hat sich da was ausgedacht... Ich kann es bis jetzt noch nicht fassen...« Detektiv Ziegler lächelte bitter. »Ich dachte, das wäre Ihr genialer Einfall in dieser flauen Zeit; ein Werbegag oder so«, fügte er hinzu und schaute dem jungen Abteilungsleiter beschämt in die Augen.

Zwanzig Jahre lang geschuftet und dann mit fünfundfünfzig arbeitslos. Seit zwei Jahren will mich keiner mehr. Wer will schon einen ausgelaugten Menschen beschäftigen?

Von Botschaft zu Botschaft bin ich gerannt. Heimlich, als wäre ich ein Dieb, schlich ich mich hinein. Weißt du, wenn der israelische Geheimdienst es erfährt, daß ich in den arabischen Botschaften war, wird mir auch noch der Besuch in meiner Heimat verboten. Ich kann dann nie nach Nazareth fahren. Gott sei Dank haben sie es nicht erfahren, sonst hätten sie mir den Paß nicht verlängert.

Ich kann es dir nicht beschreiben, wie die Hurensöhne in den arabischen Botschaften mich gequält haben.

Woher kommst du? Aus Nazareth? Also aus dem 48. Gebiet? So nennen sie Israel. Du hast einen israelischen Paß! Du darfst nicht einreisen!

Als ob ich den Staat Israel gegründet hätte. Sie führen die

Kriege, und wir sind so oder so die Verlierer. Beim Konsul von Kuwait bin ich explodiert.

»Wie behandelst du mich, du Schwein?« schrie ich den elegant angezogenen Herrn an. So ein Wort hat er bestimmt noch nie gehört, dieser feine Lümmel.

»Ihr wollt Palästina befreien? Ihr könnt nicht einmal meinen Arsch befreien. Ihr seid unser Elend. Koreaner und Pakistanis beschäftigt ihr zu Sklavenpreisen, und wir werden an andere zu Sklavenpreisen verkauft, das ist doch das gemeine Spiel. Ihr vertreibt uns. Jawohl, du vertreibst mich und meine Familie. Du lebst davon, daß wir vertrieben werden ...«

Ich habe noch mehr gesagt, aber zwei kräftige Kerle haben mich geschlagen und aus der Botschaft hinausgeschmissen. Und meine Frau? Sie sagt, ich bemühe mich nicht gut genug um eine Arbeit. Sie vergißt die zwanzig Jahre und erinnert mich dauernd an einen einzigen Tag, an dem ich bis zehn geschlafen habe. Weiß sie überhaupt, wie lange ich im Bett jede Nacht wach bleibe?

»Warum haben Sie nicht gleich zugegriffen?« fragte der Abteilungsleiter und klopfte nervös mit einem Bleistift auf den Tisch.

Detektiv Ziegler schaute ihn verlegen an.

»Ich sagte doch, ich habe am Anfang gedacht, das sei eine Werbe-Aktion.«

... und mein Herr Söhnchen, der will nur sein Mofa, als ob es nichts Wichtigeres gibt. Den ganzen Tag kutschiert er auf dieser Höllenmaschine durch die Gegend. Sechzehn ist er, und keinerlei Kummer hat er. Von Palästina will er nichts wissen. Ja, Oliven kann er nicht leiden.

»Du bist freiwillig Ausländer geworden. Ich habe es mir nicht ausgesucht«, sagte er zu mir heulend, als die Eltern seiner Freundin ihn hinausgeschmissen hatten. Diese Verbrecher. Wissen sie, was sie an jenem Tag gemacht haben? Er liebt das Mädchen.

Laß mich weinen, lieber Freund. Da draußen läßt man uns nicht. Er war vier Jahre alt, als er aus dem Kindergarten kam.

»Papa, ich will blond sein!« rief er. Damals habe ich es nicht verstanden, daß sein wunderschönes schwarzes Haar ihm unter den Kindern zur Plage wurde.

Aber freiwillig? Wer verläßt seine Heimat freiwillig? Ich vielleicht? Da ist mir der Staub von Nazareth lieber als alles Grüne in diesem verdammten Land. Aber wovon soll ich leben? Für die Liebe zur Heimat gibt dir keiner ein Stück Brot.

»Entschuldigen Sie bitte, beim letzten Mal hieß es, ich hätte zu früh zugegriffen, und ich mußte mich bei der Kundin entschuldigen«, stöhnte der Detektiv.

Tagelang habe ich vor dem Radio gesessen und einen arabischen Sender nach dem anderen angepeilt. Während die israelische Armee Beirut bombardierte, spuckten die arabischen Rundfunksender Bauchtanzmusik in alle Welt aus. Sie heulten nicht mehr wie 1967. Aber haben sie damals über Palästina oder ihre zerstörte Illusion geheult? Heute haben die nicht einmal eine Illusion, die sie beweinen können.

Die ganze Nacht heulte ich wegen Sabra und Schatila. Die Bilder der ermordeten Kinder erdrückten meine Brust, und ich heulte. Plötzlich kam mein Sohn, und ich dachte, er wird wieder vom Auspuff seines Motorrads reden. Mein Liebster schaute mich mit großen Augen an und rannte zu mir und drückte meinen Kopf an seine Brust. Mein Sohn ist ein großer Prachtkerl, so lang ragt er über mich. Ich hielt ihn fest, und er weinte. Wie schlecht verstehen wir unsere Kinder? Sabra und Schatila haben ihn erschüttert, und er stritt in der Schule mit vielen Lehrern wegen Palästina herum. Mein Leben war doch nicht umsonst.

Ich irrte lange in Frankfurt umher. Plötzlich sah ich eine Frau, die Flugblätter verteilte. Eine Veranstaltung im Club Voltaire über Palästina. Ich bin hingegangen und dachte: Der ganze israelische Geheimdienst kann mich mal. Was ich dort erlebt habe, kann ich dir in Worten nicht beschreiben. Kannst du dir vorstellen, was für ein Gefühl das ist, ein solides Haus zusammenbrechen zu sehen? Die Angst vor den fallenden Steinen, die Trauer über die Trümmer und die Freude über die vielen Menschen, die die Trümmer aufräumen und ein kleines Haus aufbauen. Du siehst kleine Pflanzen im Garten aufwachsen, du willst lachen, und doch mußt du weinen.

Ein junger Israeli erklärte zitternd und leise seine Verbundenheit mit dem palästinensischen Volk. Ist das im Club Voltaire oder in meinem Kopf passiert? Ich wußte nicht, ob ich richtig hörte, und schaute die Menschen in dem überfüllten Raum an. Er verurteilte den Einmarsch der Israelis und die Verantwortlichen für das Massaker. Auch ein Palästinenser sprach und beeindruckte mich mit seiner Ruhe.

Beide haben sich begrüßt, nein, umarmt haben sie sich nicht, soviel Blut ist geflossen. Araber und Juden haben ein verdammt gutes Gedächtnis, und wenn sie sich so schnell umarmt hätten, wären sie Lügner gewesen.

Eine Frau neben mir heulte, als der Palästinenser von Sabra und Schatila sprach. Ich fragte sie, ob sie Palästinenserin sei. Nein, eine Israelin aus Tel Aviv ist sie. Sie sagte mir, sie weine über die Toten ihres zukünftigen Volkes. Verstehst du das? Ich habe lange überlegt, bis ich verstand, daß die Frau echt über ihre Verwandten weinte.

An diesem Abend habe ich etwas erlebt, was ich noch nie erlebt hatte. Ich stritt mit einem Iraker und einem Syrer, beide Herren wollten mir wieder erzählen, was uns an Verschwörungen noch bevorsteht. Sie brüllten mich an, als ich dem israelischen und palästinensischen Redner Beifall gab. Auf der anderen Seite des Lokals stritten Israelis lauf auf Hebräisch. Du hast recht, das ist schon ein Fortschritt.

»Bei mir bestellte er ein Kilo Saftschinken und ein Kilo Paprikasalami, alles in dünnen Scheiben wollte er haben. Er sagte, so schmecken die Dinge besser.«

»Bei mir holte er zwei Kilo Schafskäse, ein Kilo Roquefort, einen halben Tortenbrie.«

»Und bei Ihnen, Frau Neumann?« fragte der Abteilungsleiter.

»Bei mir, ich meine, wenn ich mich recht erinnere, kam er zweimal: Erst wollte er einen ganzen Kasten frische Feigen und fünf Kilo der teuersten Trauben, dann holte er frische Zwiebeln, zwei Kilo Fleischtomaten, Petersilie und Radieschen.«

»Ja, ist es Ihnen nicht aufgefallen, daß er immer wieder mit einem leeren Wagen kam?« brüllte der Abteilungsleiter.

Lange habe ich gesucht. Es muß ein Freudenfest werden, dieser 19. März. Vor zwanzig Jahren kam ich her. Ist das nicht Anlaß genug? Die besten Nüsse sind gerade gut genug für meine Freunde, aber welcher Chianti ist der echte? Bestimmt nicht der Zweiliter zu 6,70. Ich nehme lieber die 0,7 Liter zu 11,30. Weißt du, manchmal denke ich, bei solchen Preisen muß es ein Goldsaft sein. Für die deutschen Freunde habe ich zwei Kästen Bier, einen Pils und einen Export, und auch Sekt habe ich geholt. Meine Frau ist eine Deutsche, aber sie trinkt kein Bier, und obwohl sie nicht dabei war, dachte ich, für die Frauen ist Sekt besser. Ouzo fand ich erst in der exotischen Ecke.

»Wie konnten sie einen so großen Tisch decken, ohne daß Sie es sahen?« fragte der Abteilungsleiter.

»Es waren mehrere Tische. Sie holten sie von der Möbelabteilung und stellten sie nebeneinander bei der großen Geflügeltiefkühltruhe auf. Da ist viel Platz!« antwortete eine alte Dame.

»Was heißt ›sie‹?«

»Es waren mehrere, die dieser Verrückte anführte!«

»Ausländer?«

»Ja, und Deutsche. Sie holten Teller, Gläser, Schüsseln und schmückten den Tisch, als wäre es ein Fest«, sagte die alte Dame etwas verwirrt.

»Und wo waren Sie die ganze Zeit?« stöhnte der Leiter dem Detektiv entgegen.

»In der Spielwarenabteilung, da haben einige Jugendliche so lange an einem Teddybären herumgefummelt.«

»Araber?« fragte ich.

»Nein, Grieche!« antwortete mein erster Gast.

»Araber oder Grieche, macht doch nix.«

»Türke? Türke ist gut! Willkommen.«

»Deutscher? Um so schöner, komm näher, Onkel, feiere mit.«

»Ach, ein Fest der Freundschaft. Komm, Oma, hier, das Fleisch ist ganz zart!«

Und dann kamen die Menschen strahlend, lachend feierten wir zusammen.

»Ich habe doch gefragt, aber auch die Deutschen haben mitgegessen und getrunken, und ein alter Rentner sagte mir, die Idee sei genial. Er lud mich zu seinem Fest der Freundschaft ein. Jawohl, seines hat er gesagt. Ich dachte erst, es ist wirklich Ihre Idee, aber als ich die Waren anschaute, den teuersten Sekt, den Saftschinken, die Feigen und Trauben, da wurde ich mißtrauisch. Ich sagte dem Verrückten, der immer wieder Leute zu dem großen Tisch einlud: ›Irgend etwas stimmt hier doch nicht!‹«

»Und was hat er gesagt?« fragte der Abteilungsleiter.

»›Jawohl‹, brüllte der Verrückte, ›einiges stimmt in diesem Leben nicht.‹«

»Seh' ich aus wie ein Dieb?« fragte ich den Hausdetektiv. »Hören Sie genau der freundlichen Stimme aus dem Lautsprecher zu. Sie preist die Feigen aus Griechenland und den

Käse aus Frankreich. Es ist wirklich nicht übertrieben. Es schmeckt wirklich köstlich. Hören Sie zu! Verstehen Sie deutsch? Was hat der Sprecher gesagt? Greifen Sie zu, sagt der Sprecher.«

Der Hausdetektiv verstand nichts, als hätte ich ihm den Koran auf arabisch zitiert.

»Diebstahl«, murmelte er immer wieder. Wir klauen aber nicht. Wir essen. Wo steht im Gesetz, essen sei verboten? Meine Frau versteht das auch nicht, als wäre sie bei dem Detektiv in die Schule gegangen. Sie heulte wegen meinem Staatsangehörigkeitsantrag. Ich pfeife darauf. Wenn ich nicht einmal als Araber in Arabien gelte, soll ich dann etwa Deutscher werden? Ein Paß macht den Menschen nicht aus.

Dieses Medikament schmeckt ekelhaft, fühlst du dich auch so schlaff? Ich soll mehreren die Zähne ausgeschlagen haben. Schlechte Zähne müssen das gewesen sein. Warum ist hier alles so weiß? Die Wände und die Ärzte?

Vielleicht brauchen sie das, um ihre dreckige Seele zu verstecken. Aber warum weint meine Frau? Lachen soll sie wie die zwei Rentner, die mich heute vormittag besucht haben. Jawohl, Schluß mit dem Heulen. Wir heulen ja seit tausend Jahren. Lachen, ja, lachen. Ich bin gesund, hört ihr? Ich bin gesund. Hört ihr mein Lachen?

Der erste Kuß nach drei Jahren

Der Beruf des Barkeepers ist kompliziert, und nur wenige wissen das. Bierzapfen, Wein und Schnaps einschenken sind nur eine mechanische Handlung, die jeder in kürzester Zeit lernen kann. Das ist aber noch lange nicht barkeepen. Es mag übertrieben sein, den Barkeeper als Reparaturwerkstatt für gescheiterte Beziehungen und Ärger im Beruf anzusehen, aber ein guter Barkeeper ist wohl ein teilnehmender Beobachter. Im Gegensatz zu seinen Kollegen unter den Soziologen, Ethnologen und Psychologen hat er jedoch keinen Nutzen von seinen Beobachtungen. Wer wie ich drei Jahre lang sein Brot als Barkeeper in einer linken Kneipe verdient hat, weiß, daß unter dem Strich der Erfahrung eine vernebelte große Null bleibt.

Wer heiße Dinge an der Theke erwartet und gar davon berichtet, hat entweder noch keine Kneipe gesehen oder eine ausufernde Phantasie. Die Abende in den deutschen Kneipen laufen in der Regel langweiliger ab als das Familienleben in diesem Land. Und doch gab es einen Abend in meiner Kneipe, an dem es wenig Kunden, aber viel Kurioses gab.

Es war ein eiskalter Dienstagabend im Februar 1975. Ahmad, ein verrückter Syrer, tauchte wie jeden Abend gegen acht Uhr auf. Er hatte immer ein Bier frei bei mir, und wenn er zahlen konnte, bestellte er sich ein zweites. Selten unterhielt er sich, trank langsam und bedächtig, und wenn sein Glas leer war, nahm er seine Baskenmütze und ging. Abend für Abend.

Nicht jedoch an jenem Dienstag. Sichtlich nervös trank er sein erstes Bier, zählte sorgfältig seine Groschen auf die Theke und bestellte laut ein zweites.

»Wie geht's?« fragte ich auf arabisch.

»Guuuuuut«, antwortete er auf deutsch, und ich ahnte, daß er es den anwesenden Deutschen mitteilen wollte. Er lachte dämonisch und fragte: »Und weißt du, warum?«

Noch bevor ich seine Frage verneinen konnte, fuhr er fort: »Ich habe ein Honolulukomitee gegründet!«

Das rief er so laut, daß sein bärtiger Nachbar sichtlich aufschrak. »Was für'n Ding?«

»Ein Honolulukomitee!« wiederholte Ahmad. »Für Persien gibt's drei, für Palästina fünf, es gibt welche für Vietnam, Kambodscha, Gefangene und Frauen, Homos und Frieden, Südafrika und Lateinamerika, aber noch keines für Honolulu. Gibt's in Honolulu keine Klassenkämpfe, Frauen und Homos?«

Der Bärtige fragte allen Ernstes, welche politische Gruppe das Komitee tragen solle, und er erfuhr, daß Ahmad der Gründer und einziges Mitglied sei und daß er keine Mitglieder aufnehme, sondern noch andere Komitees alleine gründen wolle.

»Jeder Mensch sollte ein Komitee für alle Länder gründen«, schmetterte er dem verwirrten Linken mit dem großen Bart entgegen. Lange noch stritten die beiden, weil der Bärtige nicht verstehen konnte, warum ein Araber ausgerechnet Honolulu so wichtig fand.

Ich hatte zu tun und verfolgte die erregte Diskussion

nicht weiter, aber plötzlich sprangen zwei Studenten auf, um die beiden Kampfhähne zu trennen. Ahmad sollte den deutschen Linken, der in einem Palästinakomitee mitmachte, Antisemit geschimpft haben. Das verschmitzte Lächeln der Gäste, die die Auseinandersetzung belustigt verfolgt hatten, schmolz dahin, und eine eisige Stille trat ein.

»Salam, Bruder!« rief Ahmad beim Hinausgehen auf arabisch, als wolle er betonen, daß er sich kein Wiedersehen mit den anderen wünschte.

Kaum hatte Ahmad die Kneipe verlassen, trat Carlo ein. Ein erleichtertes »Hallo!« schlug ihm entgegen. Die Linken in meiner Kneipe amüsierten sich über sein Temperament und stachelten ihn noch mehr auf. Ich hatte oft Mitleid mit Karl-Heinz, und ich war der einzige, der ihn so nannte. Er sah eher wie ein Afroaraber aus, obwohl er aus dem tiefsten Schwabenland stammte. Wegen seines Aussehens hatte er Probleme bei der Zimmer- und Arbeitssuche. Die Leute bewunderten, daß er »verdammt gut deutsch« redete, und gaben ihm kein Zimmer und die dreckigste Arbeit. Ich spürte seine Einsamkeit, wenn er betrunken als letzter die Kneipe verließ. Den Jubel der Linken um ihn empfand ich wie den gaffender Zuschauer im Zirkus.

An jenem merkwürdigen Dienstagabend aber war er wie verwandelt, frisch rasiert schenkte er den grölenden Typen an den drei Tischen keinen müden Blick.

»Pils«, sagte er leise und gab mir die Hand. Zwischen ihm und seinem bärtigen Nachbarn blieb ein Stuhl frei. So setzte sich Karl-Heinz immer, um sein Glück wieder auf die Probe zu stellen. Es ist ja immerhin eine Wahrscheinlichkeit von 1 : 1, daß eine Frau den freien Hocker besetzt.

Die Rechnung ging auch bald auf. Eine Frau trat ein, schaute um sich, als ob sie jemanden suchte, dann setzte sie sich zwischen Karl-Heinz und den Bärtigen. Sie bestellte einen Rotwein und zog ihren Mantel aus.

Ich erledigte ein paar Bestellungen der Gäste an den Tischen und lehnte mich dann an das Regal Karl-Heinz gegenüber. Der Bärtige war inzwischen voll in Fahrt, der Frau seine Ansichten zu erklären, Vietnam, Südjemen, Kuba und Lenin wurden oft und Marx seltener in seinen Monolog eingeflochten. Die Frau bemerkte zwischendurch gelangweilt »Wer? Ach ja?« und manchmal »Ach so!«

(Diese Redewendung kenne ich als Barkeeper gut, sie bedeutet für den sensiblen Erzähler: Ich höre deinem Geschwätz überhaupt nicht zu. Es interessiert mich nicht. Laß mich in Ruhe!) Der Bärtige war aber nicht so feinfühlig. Er wurde immer aufdringlicher, und seine Gestik und Themen wurden immer hitziger. Als ich zwei Pils abgezapft hatte und zurückkam, war er bei der gesellschaftlichen Repression und Wilhelm Reich. Karl-Heinz und ich lächelten, weil wir die Route kannten. Die Frau schaute ab und zu zur Tür und blieb bei ihrem einsilbigen »Wer? Ach ja!« oder »Ach so!«

Doch der Bärtige verstand noch immer nicht den Wink. Er legte seinen Arm um die Schulter der Frau und ergoß seine Schmeicheleien in ihr Ohr.

»Du bist aber ziemlich emanzipiert!« – »Ehrlich, du, ich finde dich ganz stark!« – »Warum kommst du nicht in den Kapital-AK?« – »Wie kommt es, daß ich dich nicht kenne?«

Die Frau blieb weiterhin bei ihrem »Wer? Ach ja?« oder »Ach so!«. Die Hand des Bärtigen schob sich von ihrer

Schulter über Hals und Rücken und dann zur Brust. Angewidert schob sie seine Hand fort und rückte samt Hocker zu Karl-Heinz, als dieser sein drittes Pils bestellte. Ich erledigte noch ein paar Bestellungen und brachte Karl-Heinz sein Pils. Da war er schon mitten in seiner Anmache. Er redet dabei nie – auch an diesem Abend nicht – von Kuba oder Vietnam, sondern vom Genießen und seiner Geilheit. Damit kam Karl-Heinz wie jedermann in den Siebzigern nicht an. Die Frau sagte jedoch nicht mehr »Wer? Ach ja?« oder »Ach so!«, sondern lachte herzlich und gab Karl-Heinz immer wieder mal einen zärtlichen Stups. Beide amüsierten sich wie Kinder, und ab und zu fielen sie sich in die Arme. Der Bärtige wurde immer finsterer und trank stumm sein Bier. Die Frau leerte ihr Glas und schaute auf die Uhr. Es war bereits nach zehn. Sie legte 3,50 für den Wein auf die Theke. Karl-Heinz stand auf. Die Frau knöpfte ihren Mantel zu, dann umarmte sie ihn lange und flüsterte ihm irgendwas ins Ohr. Ich sah, wie sich seine halbgeschlossenen Augen plötzlich überrascht weiteten. Er streichelte ihr über den Kopf. »Ist in Ordnung! Mach's gut!« sagte er und sank auf seinem Hocker zusammen, als die Frau »Tschüs!« rief. Der Bärtige antwortete nicht. Er vergewisserte sich mit einem verstohlenen Blick, daß sie draußen war, und zischte: »Blöde Gans!«

»Eine tolle Frau!« erwiderte Karl-Heinz bestimmt.

»Toll sagst du? Eine verblödete kleinbürgerliche Jungfer ist sie!« zürnte der Bärtige und nahm einen kräftigen Schluck aus seinem Glas. »Von nix 'ne Ahnung!« giftete er, da Karl-Heinz nur den Kopf schüttelte.

»Und ob sie eine Ahnung hat! Sie ist lesbisch!«

»Da haben wir es!« rief der Bärtige und quasselte weiter. Karl-Heinz und ich zogen ihn richtig auf, und wir amüsierten uns eine Weile. Plötzlich trat eine ältere Frau ein. Sie schaute etwas verlegen um sich, wie die, die zum ersten Mal in ein Nachtlokal hineingeraten. Sie blieb eine Weile überlegend stehen, dann entschied sie sich für den Hocker neben Karl-Heinz. Ein Lächeln huschte über das Gesicht des Bärtigen. Er nahm sein Glas und setzte sich zu einer der Gruppen an einen nahen Tisch. Selten kamen ältere Menschen in diese linke Kneipe, und wenn, dann nur einmal. Die Deutschen mögen Ordnung und Gleichgesinnung sogar beim Saufen. Bürgerliche, linke, rechte, Szene-, Frauen-, Jugend- und Rentnerkneipen sind nur in diesem Land möglich.

Die ältere Frau setzte sich und bestellte einen Korn und einen Kaffee. Schnell gab Karl-Heinz der Frau sein Feuerzeug, als sie in ihrer Tasche kramte. Sie lächelte und bot ihm eine Zigarette an. Die beiden redeten und lachten, und ich verstand, daß diese Frau nach vierzig Jahren Ehe an jenem Abend beschlossen hatte, allein das Leben zu genießen. Sie sah eher erleichtert aus als traurig. Die Leute an dem Tisch, zu denen sich der Bärtige gesetzt hatte, begannen bald über Carlo zu witzeln. Dann wurde die Kneipe etwas voller, und ich hatte alle Hände voll zu tun, die Gäste zu bedienen. Plötzlich hörte ich ein fröhliches »Tschüs!«. Ich drehte mich um. Karl-Heinz hatte seinen Mantel schon zugeknöpft und seinen roten Schal um den Hals geworfen. Überrascht wollte ich ihn fragen, warum er so früh gehen wollte, aber in diesem Augenblick nahm er das Gesicht der Frau in seine Hände und gab ihr einen langen Kuß auf die

Lippen. Der Bärtige jodelte. Die Frau hielt Karl-Heinz fest, und beide blieben eine Weile eng umschlungen.

»Zahlen bitte!« sagte die Frau leise, und beide verließen die Kneipe. Das war das erstemal in drei Jahren, daß Karl-Heinz die Kneipe nicht allein verließ.

Zwischen Traum und Straßenbahn

Es war schon Nachmittag. Ich hatte gerade den Korb mit Tomaten gefüllt und stieg auf das Pferd. Langsam ritt ich zum Dorf, um die Tomaten nicht zu zermatschen. Hinter mir saß die schöne Kassiererin aus dem Kaufhof. Sie flüsterte mir zu, daß sie meine Tomaten mag und daß sie auch mich mag. Sie legte ihre Arme um meinen Hals, und ich lehnte mein Gesicht an ihre weichen Arme; mein Stoppelbart hat sie gekitzelt, und sie lachte. Auf der Höhe des Friedhofs angekommen, dachte ich, was für Augen wohl die Dorfbewohner machen würden, wenn sie diese Schönheit sähen. Aber keiner der mir entgegenkommenden Bauern beachtete uns; nicht einmal die alte, strenge Maria. Ich wunderte mich und drehte mich nach der Kassiererin um: Sie war weg, als hätte sie sich in Luft aufgelöst. Ich erschrak. In der Ferne läutete eine Glocke, sie wurde immer lauter . . . und ich erwache in einem dunklen, kalten Zimmer. Der Wecker ist besonders laut; es ist schon der zweite in diesem Jahr. Sein Vorgänger überlebte den ersten Schlag nicht. In der Dunkelheit höre ich Mustafa rhythmisch und furchtbar laut schnarchen.

Ich tastete mich vorsichtig zum Lichtschalter, denn überall auf dem Boden verstreut liegt irgendwelcher Krempel herum. Ich mache das Licht an und werfe einen Blick auf Mustafa. Die Nacht ist wohl wieder lang gewesen für ihn, er schläft in Jacke und Hose – nur die Schuhe hat er ausgezogen. Er sieht komisch aus in seinem zerknitterten, weißen Hemd.

»Mustafa«, rufe ich. Er macht die Augen auf, aber er sieht mich nicht. Er sagt irgendwas Türkisches mit viel Ü.

»Aufstehen«, brülle ich ihn an und schüttele ihn an der Schulter. Er dreht sich verzweifelt um, dann richtet er sich im Bett auf. Einen Augenblick lang beobachtet er seinen großen Zeh, den er anscheinend trainiert, indem er ihn vorwärts und rückwärts bewegt. Dann kratzt er sich am Kopf und fragt: »Regen?«

»Nein«, sage ich, »aber es ist kalt.«

Er steht auf und beginnt sich auszuziehen. Ich gehe zum Waschbecken und sehe verzweifelt im Spiegel, daß mein Bart schon wieder gewachsen ist. Diese tägliche Quälerei macht mich noch wahnsinnig, aber der Chef verlangt es so: Die Kunden sehen meinen Bart nicht gerne ... als ob sie meinen Bart kaufen sollten. Die Leute wollen mich so sehen. Soll ich so werden wie sie?

Sieben Jahre ist es her, daß ich hierher gekommen bin, und ich lebe immer noch in diesem Loch und habe Schulden. Ich muß mich rasieren, weil ich meine Stelle nicht verlieren darf, sonst wird meine Aufenthaltserlaubnis nicht verlängert ... und das ist bald wieder fällig. Verrückt ist das, meine Existenz hängt von diesem miesen Bart ab. Ich suche eine ganze Weile die Rasiercreme und finde sie schließlich unter dem Waschbecken.

»Mein Chef sagt, ich nix gut, wissen, ich viel aribeiten, dann eine Zigarette rauchen, er kommen, sagen du fauler Türk – ich nix faul, aber nix gut immer Aribeit«, regt sich Mustafa auf.

»Meiner auch«, beruhige ich ihn und habe einen bitteren Geschmack im Mund. Er schubst mich zur Seite und betrachtet lange sein Spiegelbild.

»Du bist schön«, bemerke ich hinterhältig. Er winkt ab, ohne ein Wort zu verlieren.

Mustafa ist etwas dick, hat ein rundes Gesicht, ganz große schwarze Augen und eine ungewöhnlich kleine Nase. Es scheint ein kleiner Schuß indisches Blut in seinen Adern zu fließen. Wenn er nur auf mich hören und auf diese dummen Krawatten verzichten würde. Er besteht aber darauf, und so sieht er aus wie ein pleitegegangener Pascha.

Mustafa hat sich wie jeden Morgen schnell gewaschen und schon das kleine Mokkakännchen auf die völlig verdreckte Kochplatte gestellt.

»Schinell«, sagt er, »du nix heute heiraten.«

Der Kaffee riecht gut. Gott sei Dank, daß es diesen Kaffee gibt. Ich setze mich auf mein Bett; Mustafa sitzt schon auf dem alten Stuhl mir gegenüber. Eine Kiste ist unser Tisch. Teeringe, Raviolіflecken und Asche haben ihr im Laufe der Zeit etwas Farbe gegeben. Ich zünde mir eine Zigarette an; wir haben noch eine Viertelstunde Zeit. Drei Minuten brauchen wir dann noch bis zur Haltestelle.

Immer diese Hetze, denke ich – und Mustafa schüttelt nachdenklich den Kopf, als habe er meine Gedanken erraten.

Armer Kerl, seit sechs Jahren in der Bundesrepublik und jedes Jahr nur zwanzig Tage bei seiner Frau in der Türkei. Sie wartet jedesmal sehnsüchtig auf ihn, um innerhalb von fünf Tagen die Nase voll von ihm zu haben. Scheißleben! Das sind die Augenblicke, in denen ich froh bin, daß ich in

Walmatha niemanden habe, der auf mich wartet. In diesen Augenblicken bin ich frei. Aber mein Kopf stößt sehr schnell an das Glas dieses Aquariums, das ein Gefängnis ist, in dem man nur scheinbar frei schwimmen kann. Und dann finde ich meine Freiheit lächerlich.

»Was machen gestern?« fragt Mustafa unverbindlich, und ich antworte wie so oft nach einem schlechten Abend: »Nix«.

Es war aber auch wieder ein sehr schlechter Abend, mit einem vielversprechenden Anfang und einer einsamen Bauchlandung im Bett. Er schaut auf seine Digitalarmbanduhr, die er einmal für 39 Mark gekauft hat und gerne vorzeigt; dann sagt er wie jeden Morgen fast zur gleichen Zeit: »Auf geht's«. Ich stecke noch meine Zigaretten in die Tasche und stehe auf.

Unterwegs sehe ich die alte Frau, die ihren Hund spazierenführt – eigentlich führt der Hund die Frau. Ein komisches Gesicht hat diese Frau, es ist dem ihres Hundes sehr ähnlich. Sie redet ihn liebevoll an, während er gleichgültig an einen Alfa Romeo pinkelt.

An der Straßenbahnhaltestelle stehen fast jeden Tag dieselben Leute. Der Dicke mit seiner Bildzeitung und seiner stinkenden Zigarre, der man nicht anmerkt, ob sie schon ausgegangen ist oder nicht. Sie macht mich nervös. Eines Tages wollte ich ihm ein Streichholz anbieten, aber bevor ich dazu kam, rauchte die Zigarre wieder. Seitdem hasse ich diese hinterhältigen Zigarren. Seine Glatze ist das einzige, was an seinem Körper tadellos glänzt. Sein Bauch quillt über den Hosenbund. Zwischen ihm und dem Kartenautomaten steht wieder die alte kleine Frau mit der Hornbrille und starrt auf die Wand auf der anderen Straßenseite. Sie scheint niemanden wahrzunehmen, ein unsichtbarer Mantel trennt sie von den anderen. Vor ihr entdecke ich diesen schneidigen Typen – so Anfang dreißig –, der immer voll fröhlicher Unruhe zu sein scheint. Er sieht gerade so aus, als freue er sich auf die Ankunft der Straßenbahn wie auf ein Rendezvous mit seiner Freundin. Ich habe mich nie auf sie gefreut. Jeden Tag hoffe ich, daß irgend etwas sie aufhält – aber sie kommt immer pünktlich. Wenn sie dasteht, sind es immer dieselben Türen, durch die dieselben Leute einsteigen, und dieselben Plätze wie am vorherigen Tag, die sie einnehmen. Mustafa und ich sitzen uns auf Sitzbänken gegenüber – ich mag keine Einzelsitze. Neben uns bleiben zwei Plätze frei, aber in sieben Jahren habe ich es während der langen Fahrt mit der Straßenbahn selten erlebt, daß sich jemand neben uns gesetzt hätte ... Am Anfang sagte Mustafa, »viellei' wir schitinke«. Das aber stimmt nicht, auch wenn ich gerade geduscht habe, setzt sich niemand freiwillig neben uns. Nach dem Bismarckplatz ist die Straßenbahn total überfüllt, zögernd setzt sich eine der stehenden Frauen zu uns auf den freien Platz, und wir rücken instinktiv weiter zum Fenster.

In der Straßenbahn ist es ruhiger als auf dem Friedhof in meinem Dorf. An diesem Morgen muß ich an Pfarrer Markus denken, der so gerne in einer solchen Stille Messe gehalten hätte. Der Arme wurde jedesmal fast wahnsinnig, weil die Leute in meinem Dorf nie ruhig saßen: Sie erledigten ihren Tratsch, ihre Gemüsegeschäfte und ihre Spielstreitigkeiten in der Kirche ... Die Stille hat Mustafa jeden Morgen gebrochen. – Das mag ich an dem Kerl. – Er findet dafür immer einen Grund: Entweder ist ihm kalt, oder er sieht ein schönes Kind. Das muß er dann fragen: »Wie heißt du?« und so die arme Mutter verunsichern. Heute sagt er laut:

»Du wir hier schilecht, zu Hause, viel, viel schilecht.«

Eine alte Dame nickt zustimmend – die laute Stimme von Mustafa hat sie nicht einmal gestört.

Mir schräg gegenüber sitzt der Dicke mit seiner ›Bildzeitung‹ und seiner disziplinierten Zigarre, die während der ganzen Fahrt kein einziges Wölkchen von sich gibt. Jeden Morgen frage ich mich, was er wohl machen würde, wenn ich die Zeitung anzünde. Ich lache innerlich – komisch, daß ich diesen Witz nie langweilig finde. Mustafa sitzt an diesem Morgen wortlos da und beobachtet die Menschen auf der Straße so genau, als ob er jemanden suche. Ich frage mich, was er in diesem Augenblick denkt. Seine Gedanken werden sich nicht sehr von meinen unterscheiden. Er schläft ja im selben Zimmer wie ich, gebraucht dieselben Dinge, arbeitet bei Horten im Lager wie ich beim Kaufhof, hat dasselbe Gehalt wie ich; seine Aufenthaltserlaubnis läuft zwei Wochen später ab als meine; er hat denselben Geschmack im Mund – Kaffee mit Zigaretten. Er fühlt sich bestimmt um sein Leben betrogen, wie ich. Früher habe ich Türken gehaßt. Mein Vater sagte, Türken sind feige, dreckige, hinterlistige Wilde. Mustafa ist genau das Gegenteil. Und er erzählt mir, sein Vater hat ihm dasselbe von den Griechen berichtet. Er erzählte ihm auch, Gott sei auf ihrer Seite, im Gegensatz zu meinem Vater, der bis zu seinem

Tode fest daran glaubte, Gott sei persönlich auf unserer Seite.

»Es können«, so sagte einmal ein weiser türkischer Gastarbeiter zu mir, »zwei Götter sein oder mehr.«

Mustafa, der das Gespräch damals mitbekam, kommentierte dies mit einem »Mir scheißegal«, er fände mich in Ordnung.

Mustafa winkt einem Landsmann zu; dann dreht er sich um. »Kemal, arbeitslos, vier Kinder, Frau krank, Türkei.«

Kemal sah sehr bekümmert aus.

Die Straßenbahn fährt weiter. Ich war lange arbeitslos, sage ich mir. Erst Tischler, dann die Baustelle und jetzt dieser gottverdammte »Kaufhof«. Ich habe meine Arbeitslosigkeit genossen, weil mich die Baustelle kaputtgemacht hatte. Mein Genuß ärgerte manchen griechischen Freund; aber auch die Nachbarinnen, die mich vormittags bei Coop anglotzten. Ich war jeden Vormittag dort. Manchmal habe ich nichts Besonderes kaufen wollen, aber ich wollte unter Menschen sein – naja, und die Käseverkäuferin wiedersehen. Ich dachte damals, wir könnten gute Freunde werden, aber als unsere Beziehung anfing, war sie auch schon zu Ende. Ich hatte den ganzen Tag lang mein Zimmer aufgeräumt. Mustafa war in der Türkei. Eine Menge Dreck hatte ich rausgeschleppt, eine Kerze gekauft und den Kassettenrecorder mit drei Kassetten von Jannis geliehen. Ich legte die Kassetten so, als lägen sie zufällig da. Ich hatte viel Retsina und Nüsse und Salami gekauft – sie mag das. Sie wollte um sieben kommen. Vielleicht war es ihre Verspätung, vielleicht war es auch meine Sehnsucht nach so vielen Jahren ohne Frau. Vierzehn Jahre lang mit demselben Wunsch ins Bett zu gehen, macht jede Zärtlichkeit unmöglich. Sie kam und war erschrocken, als ich nach einer Weile über sie herfiel. Ich hätte das vielleicht nicht getan, wenn es nicht schon neun Uhr gewesen wäre und sie um zehn hätte gehen müssen. Eine liebe Frau war sie, sie hatte noch nie was mit einem Gastarbeiter gehabt, und sie wird es auch nie wieder haben wollen, denke ich. Ich ging nach dieser Niederlage nie wieder zu Coop.

»Marienplatz«, brüllt Mustafa mich an, und wir steigen aus, dann gehen wir noch eine Strecke gemeinsam, bis ich links zum »Kaufhof« abbiege. Mustafa geht noch hundert Meter weiter zum »Horten«.

Ich muß den ganzen Tag lang Gemüse vom Lager zum Gemüsestand bringen – eine langweilige Arbeit, immer wieder hin und her. Ich glaube, ich marschiere jeden Tag eine Menge Kilometer. Das soll ein Ausgleichssport für Millionäre sein, sagte mir der Beamte im Arbeitsamt damals lächelnd. Ich pfeife auf Sport und Olympia.

Während ich meinen Kittel anziehe, taucht der Chef auf. Ein Deutschtscheche, der bemüht ist, deutscher als die Deutschen zu erscheinen: mitleidvoll freundlich und zurückhaltend kühl. »Ich wünsche Ihnen einen guten Morgen, Herr Joanides.«

Er ist der einzige, der mich Herr nennt, trotzdem mag ich es nicht. Wenn er nur wüßte, wie mein Morgen aussieht ... ich erwidere seinen Gruß. Hinten im Lager sehe ich den Jugoslawen Milovan. Er ist beschäftigt wie immer. Wir nennen ihn Tito. Er mag das nicht, aber er traut sich nicht, das zu sagen. Er hat seit fünf Jahren schlechte Laune und nörgelt auch heute wieder an dem Syrer herum, weil der alles frißt, was in seine Finger kommt, und nicht aus Holz und Eisen besteht. Er sei, so erzählt mir Milovan, an vierzehn Aprikosen beinahe erstickt, die er zu schnell verschlungen habe, weil der Chef kam – der mag es nicht, wenn jemand ißt. Ich stapele Tomatenkisten, fahre zum Aufzug und treffe dabei auf den Syrer Sami. Wir nennen ihn Muhammed Ali, weil er so stark ist, und er ist damit zufrieden. Er ist Student, aber ich habe ihn noch nie studieren sehen. Er guckt immer so, als wäre er auf der Flucht.

»Wie geht's?« frage ich lächelnd.

»Schlecht«, sagt er wie immer, obwohl es ihm offensichtlich sauwohl geht. Ich frage wie immer »warum?«.

»Meine Freundin ist abgehauen.«

»Warum?« frage ich, ohne mich um den Aufzug zu kümmern.

»Ich habe doch immer Pech«, beklagt er sich. »Sie hat jemanden im Urlaub kennengelernt . . .«

Ich unterbreche ihn. »Geld mußt du haben, Muhammed Ali, nix Muskeln, Geld, mein Freund«, und ich schiebe den Wagen in den Aufzug, der gerade wieder gekommen ist.

»Bis später«, sage ich. Der Aufzug fährt mich zur Verkaufshalle im Erdgeschoß. Dort entleere ich die Kisten in einen Sonderangebotskasten, und schon bin ich wieder auf dem Weg zum Lager. Dort stehen in einer Viertelstunde die Lastwagen mit dem neu angekommenen Gemüse zum Entladen bereit.

Der Chef erscheint mit einer Menge Zettel in der Hand. Mit seinem weißen Kittel sieht er aus wie ein Arzt, und er hat auch die nötige Würde dazu.

»Herr Joanides, kommen Sie mit.«

Ich weiß, daß es irgendwo anders etwas zu tun gibt. Wir gehen die Treppe hinauf. Die Gänge hinter den Verkaufsräumen sehen düster aus. Ich weiß nicht, warum ich bei diesen Eisenstufen und Gittern immer an mein Gefängnis in Griechenland denken muß. In der Stoffabteilung erklärt mir der Chef die neue Lage.

Zwei Leute fehlen, und ich muß mit einer Hilfskraft und der alten Frau, die dort arbeitet, große Stoffrollen auf kleine zu je 50 oder 100 Metern verteilen. Sie werden dann auf einen Wagen gestapelt und zur Verkaufsstelle geschickt. Die Hilfskraft ist ein Schüler. Wir fangen an, ich habe das schon öfters gemacht ... Irgendein anderer übernimmt jetzt das Entladen der Lastwagen. Ich fange an zu messen, der Schüler wickelt den Stoff auf ein kleines, flaches Holzstück, und dann schneide ich. Ob Gemüse oder Stoff, das ändert nichts. Was kann einem Nackten im Regen ein Eimer Wasser ausmachen, den man über seinen Kopf ausschüttet.

Die Frau kann wahrscheinlich mit uns beiden nichts anfangen. Sie erinnert mich an Elfriede, die alte dicke Chefin in einer amerikanischen Soldatenküche, in der ich vor ein paar Jahren jeden Abend gearbeitet habe. Weil ich zuviel redete, bestrafte Elfriede mich jeden Abend mit einer Versetzung vom Gläserspülen zum Töpfewaschen. Mein Leidensgenosse war ein netter Kerl, der Elias hieß. Wir lachten uns damals halbtot über sie. Aber hier in der Stoffabteilung gibt es nichts zu lachen. Der Schüler fragt mich alle halbe Stunden: »Wie spät ist es?«

Als es Mittag wird, rennt er davon – er muß seine

Freundin sehen. Ich schleppe mich zur Cafeteria. Dort sitzen schon der Syrer, Milovan und Giovanni, der Italiener aus der Fleischabteilung, an einem Tisch. Mein Platz ist noch leer. Ich setze mich zu ihnen.

»Stoffabteilung«, sage ich, um ihnen die Frage zu ersparen.

»Wie war's?« fragt der Syrer.

»Langweilig«, erwidere ich. Das Essen schmeckt nach gar nichts. Der Italiener witzelt über die großartige deutsche Phantasie, immer gleich schmeckenden Breien und gekochtem fetten Leder die appetitlichsten Namen zu geben... Der Syrer beugt sich über den Tisch. Wenn er diese Miene aufsetzt, hat er immer etwas Wichtiges zu erzählen.

»Die Kassiererin war mit dem Chef.«

Ein »aha« des Italieners ist so laut, daß der Syrer beinahe aufgehört hätte zu reden. Er versetzt dem Italiener einen Schlag in den Bauch und redet weiter:

»Nicht zu wundern, wenn sie so ein Arschloch als Mann hat.« Er muß es ja wissen, er steckt seine Nase überall rein. Ich schaue rüber zur Kassiererin – schöner sieht sie aus als in meinem Traum.

Ich entdecke den Spanier José, der von uns nichts mehr wissen will, seit er mit einer älteren Frau von der Kleiderabteilung verheiratet ist. Er winkt mir diskret zu, und ich grüße ihn so laut mit meinem »Wie geht's?«, daß er ganz rot wird. Er nickt schnell und versinkt in seinem Stuhl. Seine Frau sitzt mit dem Rücken zu uns; sie dreht sich kurz um und macht sich nicht einmal die Mühe eines Lächelns.

Der Italiener macht einer jungen Frau sehr unauffällig

schöne Augen. Nur der Jugoslawe ißt genüßlich und langsam den Brei. Er denkt vielleicht an sein Haus, das nie fertig wird, und hört daher nicht zu. Nur wenn wir uns übers Bauen unterhalten, klagt er über die Preise. Er weiß ziemlich alles über Holz, Zement und Eisen.

Hundert, vielleicht tausend Meter Stoff rollen wir am Nachmittag aus. Der Schüler sieht traurig aus. Er spricht wenig und geht oft auf die Toilette. Die alte Frau jammert dauernd über seine Arbeitsmoral; ich habe Mitleid mit ihr, sie führt die Arbeit schon automatisch aus; sie will nicht, daß man ihr die Anstrengung anmerkt, aber an ihrem gespannten Gesicht, an ihren müden Händen sind die Spuren der monotonen Arbeitstage nicht zu übersehen. Ihre Kleider sind schmucklos. Sie sitzt immer allein in der Cafeteria, keiner kümmert sich um sie ... Ich habe früher einmal versucht, mit ihr zu sprechen, aber ihr Mann ist in Jugoslawien gefallen, und sie hält die ganze Mittelmeerküste für Jugoslawien. Was ihr Mann getan hat, ist ihr egal – man hat ihn ihr genommen.

»Grieche, Jugoslawe, das ist dasselbe«, sagte sie mir einmal. Recht hat sie, denke ich. Ihren Mann hat sie nur einen Monat lang gekannt, und schon verschwand er im Krieg. Sie bekam dann irgendeinen Brief, in dem seine Tapferkeit gelobt wurde – nicht einmal darauf ist sie stolz. Sechzig Jahre alt ist sie jetzt. Es scheint aber, als habe sie in jenem Monat mit ihrem Mann die Erfahrung ihres ganzen Lebens gemacht. Seither arbeitet sie, ißt, schläft und wacht auf, um die Zeit bis zum Tode zu überbrücken. Der Schüler unterbricht meine Gedanken über die alte Frau mit dummen Fragen:

»Kennst du den Russos, den Sänger? Kennst du Travolta?«

Ich verneine immer wieder, obwohl ich sowohl das singende Nilpferd als auch den neuen Gott Travolta kenne, der die Kinder in der griechischen Gemeinde verrückt macht. Der Schüler wundert sich lautstark, was für ein Hinterwäldler ich bin. Er versinkt an diesem Nachmittag immer wieder in seine Trauer und fragt zwischendurch nach irgendwelchem Mist.

Diese Rolle mit dem schönen braunen Samt fasziniert mich. Wie oft hat meine Schwester in Walmatha von solch einem Stoff geträumt. In meinem Dorf gab es aber keinen so schönen Stoff. Wenn sie in Thessaloniki einen gesehen hatte, sprach sie abends nach ihrer Rückkehr von nichts anderem. Kaufen konnten wir so etwas nie ... und noch weniger kann es heute ihr Mann. Was macht dieser faule Hund jetzt wohl? Vielleicht sitzt er im Café am Dorfplatz, schleckt seine Zucker-Vanille-Masse und macht sich über den verrückten Nassios lustig, den er immer wieder mit einer Zigarette versöhnt.

Die alte Frau sagt: »Feierabend«, ohne auf die Uhr zu sehen. Es erstaunt mich immer wieder, daß sie die Uhrzeit auf die Sekunde genau weiß – vielleicht zählt sie die Sekunden. Ich lasse die Rolle mit dem Samt auf dem Tisch zurück und gehe zum Lager, um meine Jacke zu holen. Dann beeile ich mich, zur Stechuhr zu kommen. Der Syrer steht schon draußen, es sieht immer so aus, als lauere er die ganze Zeit vor der Stechuhr, denn egal, wie schnell ich fertig bin – er ist schon längst da. Milovan schleppt seinen Körper heran und stellt sich brav hinter mich, obwohl das nicht nötig wäre, irgendwie muß er immer in Reihen stehen. Er stöhnt, er geht jetzt noch Teller waschen bei den Amis, sein Haus muß fertig werden. Draußen ist es sehr kalt, und Milovan rechnet bestimmt die Kosten seiner Zentralheizung aus.

An der Haltestelle stehen dieselben Leute wie jeden Feierabend, mehrere Verkäuferinnen, mehrere Gastarbeiter – wahrscheinlich aus Polen oder Rumänien; sie sehen immer abgekämpft aus. Vielleicht bauen sie auch Häuser, wie Milovan. Eine innere Stimme zerstört meine Überheblichkeit: Hatte ich Idiot nicht dasselbe im Kopf gehabt? Aufgegeben habe ich es! Das ist die Einsicht eines Soldaten nach einem verlorenen Krieg. Aber was werden diese armen Kerle von ihren Häusern haben? Sie sehen mit vierzig verbraucht aus. Was verspricht sich ein weiser Bauer von Sommer und Herbst, wenn die Blüten den Frühling nicht überleben?, sagte einmal ein besoffener Grieche zu mir.

Als ich aussteige, überwältigt mich die Angst, ein Brief mit schlechten Nachrichten könnte schon auf mich warten. Mein kaputter Briefkasten ist aber leer – nicht einmal Reklame liegt drin. Das macht mich wahnsinnig wütend. Im Treppenhaus riecht es köstlich nach Auberginen und Knoblauch. Das mag ich sehr. Wahrscheinlich kommen die Düfte wieder aus der Küche von Fatima, der Frau des Kurden Ali – sie kocht sehr gut. Das Treppenhaus ist dunkel. Die letzte Glühbirne ist vor Monaten kaputtgegangen – man muß vorsichtig sein, vor allem im dritten Stock, wo außerdem noch ein Stück Geländer fehlt. Die Türen stehen meistens offen. Nur die Wohnung des Italieners Giuseppe ist verschlossen – er liegt im Krankenhaus; seine Landsleute haben ihn zusammengeschlagen. Ein armer Kerl, denke ich, als ich an seiner Tür vorbeigehe. Ich öffne die Tür unseres Zimmers, und der Gestank von alten Socken schlägt mir entgegen. Ich öffne das Fenster und nehme mir vor, heute aufzuräumen. Seit Monaten haben wir das nicht gemacht. Wer war das letzte Mal dran? Mustafa.

Nun gut, aber erst werde ich eine Zigarette rauchen. Ich setze mich auf mein kaputtes Bett, das mich wie eine Krake verschluckt. Mir gegenüber ist eine Wand voller Bilder mit nackten Frauen. Die eine lacht ein wenig menschlich, was macht sie jetzt wohl? Lebt sie noch? Bei dem Anblick dieser Bilder packt mich eine innere Wut. Ich würde sie in diesem Augenblick am liebsten von der Wand reißen ... Die Zigarette schmeckt scheußlich. Ich mache sie aus und fange an aufzuräumen: Es ist wieder ein Haufen Dreck, Zigarettenkippen, Dosen. Wie oft hat meine Mutter das gemacht? Ob sie sich für die 100 Mark monatlich etwas gönnt, anstatt es für mich zu vergraben? Die Drachme ist billig, aber 100 Mark sind nicht viel. Die Flaschensammlung von Mustafa gehört wirklich ins Museum. Was macht seine Frau wohl mit so vielen Flaschen? Als ich mit Aufräumen fertig bin, sieht das Zimmer noch schlimmer aus als vorher. Ich will die drei Abfalltüten gerade zur Mülltonne bringen, als Mustafa lächelnd und durchnäßt hereinkommt.

»Allah wa Akbar«, ruft er aus und reibt sich die Hände.

Als ich zurückkomme, steht er am Waschbecken.

»Du heute rausgehen?«

Ich habe bei diesem schlechten Wetter keine Lust – er auch nicht. Ich will ein wenig schlafen, lege mich hin und beobachte Mustafa, wie er eine Sardinendose, Oliven und eine Zwiebel auf einen Stuhl vor seinem Bett stellt. Dann setzt er sich hin und fängt an zu essen. Ich habe eigentlich auch Hunger, aber der Ekel vor den Aldi-Ravioli, die ich noch übrig habe, macht mich satt.

»Spielst du Taule?« frage ich, weil ich zu nichts Lust habe.

»Ja, ja«, ruft Mustafa begeistert. Ich hole den Taulespielkasten und stelle ihn auf die Kiste. Mustafa beeilt sich mit dem Essen.

»Du auch Bier?« fragt er.

»Ja«, sage ich, und wir fangen an. Er spielt verdammt gut. Die erste Runde gewinnt er, die zweite auch. Das Bier schmeckt nicht.

»Es ist ein schlechtes Sonderangebot«, sage ich zu ihm und werfe die Würfel. Ich brauche mindestens zwei Fünfen, um die dritte Runde zu gewinnen, bekomme aber eine Zwei und eine Drei. Das reicht nicht, und Mustafa freut sich: »Schilecht, schilecht«, sagt er immer wieder. Beim Einordnen der Steine für die vierte Runde fängt er an, mich zu ärgern. »Du Taule-Schule gehen. Du nix schinell spielen.«

Ich lache, um meinen Ärger zu überspielen. Da klopft es. Wir starren beide auf die Tür.

»Ja«, schreit Mustafa. Mehmet, der Automechaniker, tritt ein. Wir stehen auf und begrüßen ihn mit einem kräftigen Handschlag.

Mehmet redet aufgeregt mit Mustafa, der ganz starr wird ... Immer wieder fällt das Wort »Boskurtlar«. Ich verstehe es, weil Mustafa mir von ihnen erzählt hat. Mehmet greift mit der rechten Hand nach seinem Schnurrbart, während er die linke zum Schwur erhebt und dabei gen Himmel blickt. Ich entnehme seiner Handbewegung, daß irgendeiner von diesen »grauen Wölfen« einen Freund von Mustafa und Mehmet mit Ketten oder einem Seil zusammengeschlagen hat. Mustafa wird wütend, er stößt die Bierflasche um, ohne es zu merken, und sie kotzt ihren schlechten Inhalt auf den Boden. Ich beeile mich, sie wieder hinzustellen.

Mustafa holt seine Schuhe aus dem Karton unter dem Bett, zieht schnell eine alte Lederjacke an und verabschiedet sich erregt.

»Salam.«

Mehmet sieht mich mit traurigen Augen an und sagt: »Anschuldugung.«

Ich wäre gerne mit ihnen gegangen, aber ich habe Angst vor den Behörden und ihren Aufenthaltsgenehmigungen – noch mehr als vor solchen Schlägertypen, die uns auch hier in der Fremde verfolgen. Mehmet stürzt aus dem Zimmer und Mustafa hinter ihm her. Ich stehe allein da, aber bevor ich mich setzen kann, kommt Mustafa wieder reingerannt, holt sein Klappmesser aus dem Schrank.

»Viellei' besser«, sagt er zu mir und ist schon wieder draußen. Ich setze mich wieder in meine Krake und starre die Schaumsäule an, die die Flasche von Mustafa füllt. Die geordneten Steine des Taule sehen aus wie eine Armee vor dem Sturm. Ich klappe den Deckel zu, und die fallenden Steine trommeln zum Angriff. Ich lege mich ins Bett.

Weit weg in der Bahnhofstraße stehe ich plötzlich in meinem blutverschmierten Hemd, das Messer in der Hand, schlage ich um mich. Ich sehe die alte, strenge Maria aus meinem Dorf. Sie rennt verängstigt weg. Viele Wölfe und Schäferhunde greifen mich an – so groß habe ich die Zähne der Schäferhunde noch nie gesehen. Mehmet verteidigt sich mit einer Kette in einem anderen Rudel. Dann aber rutscht er und stürzt. Die Wölfe fallen über ihn her.

Die Straße hat viele Fenster, hinter denen Menschen mit unbewegten Mienen der Schlacht zuschauen. Ich stürze zu einem Rad, das dort steht, und rase davon. Am Ende der Straße liegt ein See, ich sehe mich um – alle Wölfe sind hinter mir her. Ich schwebe weiter, über das Wasser, über die schäumenden, dunkelblauen Wellen. Die Wölfe bleiben am Ufer zurück. Das Wasser hinter mir färbt sich blutrot. Ich erreiche das andere Ufer, steige über ein altes Gemäuer und schreie um Hilfe ... Aber tief in den Straßen hallt das Geräusch der Autos und die Glocke der Straßenbahn so laut, daß niemand meine Hilferufe hört. Die Glocke wird lauter und lauter. Sie kommt auf mich zu, ich bekomme Angst, weil ich nicht sehe, aus welcher Richtung sie kommt ...

Ich erwache und schlage auf den Wecker.

Noga mag keine Befehle

Lustlos gingen die Besucher an den bescheidenen Gehegen und Käfigen des kleinen Heidelberger Zoos vorbei. Die Schwüle des Sonntagnachmittags erdrückte mit ihrer Last die Bäume. Kein Blatt schien Lust zu haben, noch das leiseste Geräusch von sich zu geben. Die Tiere hingen träge herum, und wenn sie nicht ab und zu die Fliegen ruckartig mit einem Zucken ihrer Ohren oder ihrer Schwänze vertrieben hätten, hätte man sie für perfekt nachgebildete Wachsfiguren halten können.

Manchen Besuchern aber war diese Fliegenvertreibung viel zu wenig für die 3,50 DM, die man an der Kasse bezahlen muß, und so sprachen sie auf die Tiere ein, als wären sie ihre eigenen Kinder, mal liebkosend, mal barsch auffordernd. Manch einer gestikulierte herum, so daß ich an Tucholskys »Affenkäfig« denken mußte, und ich lachte bei dem Gedanken, was wohl die Tiere jetzt von dem vorlauten Rentner mit dem bayerischen Trachtenanzug und Gamsbart denken würden. Was sollte denn dieser arme Hirsch mit dem abgebrochenen Geweih auf die Frage antworten, die der Bayer in gequältem Hochdeutsch herausbrüllte: »Ja, wo hama denn unsere Hörner verloren?« Ein paar Schritte weiter fragte eine alte Dame allen Ernstes einen verschmutzten Flamingo, warum er nicht »putzi putzi« macht!

Was wäre wenn, dachte ich ... wenn dieser Punker Flamingo ein kurzes »Zieh Leine, Alte!« krächzen würde?

Irgendwie verlangten die Besucher Leistung, aber die Tiere leisteten bloß Gesellschaft, und so konnte ich das Gefühl nicht loswerden, daß einige sich um 3,50 DM geprellt fühlten und daß sie bei jedem Schritt noch ein paar Pfennige retten wollten. Ich fand es eigentlich köstlich, denn es war mein erster Zoobesuch. In Syrien, woher ich komme, gibt es keinen Zoo. Es war für mich auch lehrreich, denn in diesem Zoo lernte ich den Unterschied zwischen einem Kamel und einem Dromedar kennen. Ein Dromedar ist ein einhöckeriges Kamel, während ein Kamel zwei Höcker hat.

Ich muß schon sagen, die Deutschen sind nicht so präzise, wie ihr Ruf sie hinstellt, sonst hätten die Besoffenen in der Kneipe mich Dromedartreiber nennen müssen. Denn in Arabien gibt es nur Dromedare. Aber als Syrer habe ich selten Kamele oder Dromedare gesehen. Meine erste lange Begegnung mit diesen behaglichen Tieren fand an jenem Sonntagnachmittag statt. In Damaskus haben wir Autos, Politiker und Video wie Sand am Meer, aber selten ein Kamel. Ein häßliches, aber majestätisches Tier.

Mein Nachbar, ein alter, vielgereister Kutscher, erzählte mir von diesem Wundertier, das eine Woche lang ohne Wasser leben kann. Er erzählte mir, ein Dromedar zu treiben sei eine Kunst, denn das Tier weiß nach einer kurzen Weile, ob sein Führer sich auch auskennt.

»Wenn die Menschen Dromedare wären«, sagte mein alter Nachbar oft, »hielten sie den Schein nicht für Sein.«

spritzte durch den Käfig. Verzweifelt schaute der Tierpfleger um sich, dann drehte er das Wasser ab.

»Noga! Noga, bitte!« flüsterte er und warf den Schlauch auf den Boden. Langsam richtete sich Noga auf, schaute über den Kopf des Tierpflegers hinweg und machte einen akrobatischen Sprung zu einem Autoreifen, der mit einer Kette an der Decke hing, von dort glitt er elegant über eine Stange zu Boden. Er ging an dem Tierpfleger vorbei, als wäre er Luft, bückte sich im Vorübergehen zu einer der Erdnüsse, stopfte sie sich in den Mund, schaute noch einmal kurz zum Publikum hin und eilte durch die Öffnung.

»Meine Quelle? Woher ich die Geschichte nehme? Meine geheime Quelle ist die Zunge der anderen. Wer erzählen will, muß erst einmal lernen, zuzuhören.« – Einige der vorliegenden Erzählungen in diesem Band sind »Klassiker«: Zum Teil bereits 1980 verfaßt, haben sie heute nichts von ihrer Aktualität eingebüßt. Darauf stolz zu sein, verbiete sich von selbst – meint Rafik Schami. Denn nicht nur in Deutschland, sondern auf der ganzen Welt zeichne sich keine wirkliche Verbesserung in den Beziehungen von Einheimischen und Fremden ab. Ein Grund mehr, genauer hinzusehen, hinzuhören und Schamis Erzählungen auch zwischen den Zeilen zu lesen ...

Der Autor

Rafik Schami, 1946 in Damaskus geboren, lebt seit 1971 in der Bundesrepublik. Verschiedene Arbeiten auf Baustellen und in Fabriken. Studium der Chemie mit Promotionsabschluß. Seit 1982 freier Schriftsteller. Lebt in Kirchheimbolanden. Werke u.a.: ›Das letzte Wort der Wanderratte‹ (1984), ›Der erste Ritt durchs Nadelöhr‹, ›Der Fliegenmelker‹ (1985), ›Eine Hand voller Sterne‹ (1987), ›Märchen aus Malula‹ (1987), ›Die Sehnsucht fährt schwarz‹ (1988), ›Erzähler der Nacht‹ (1989), ›Der Wunderkasten‹ (1990), ›Der fliegende Baum‹ (1991), ›Der ehrliche Lügner‹ (1992).